ABISSAIS

Copyright © 2025 do texto Lalau
Copyright © 2025 da ilustração Laurabeatriz

Editora
Renata Farhat Borges

Editora assistente
Ana Carolina Carvalho

Projeto gráfico e capa
Thereza Almeida

Revisão
Mineo Takatama

*Agradecimentos para
Joaquim de Almeida*

Dados Internacionais de Catalogação na Publicação (CIP)
de acordo com ISBD

L194a   Lalau

ABISSAIS: OUTRO PLANETA DENTRO DO NOSSO / Lalau, Laurabeatriz ; ilustrado por Laurabeatriz. – São Paulo : Peirópolis, 2025.

52 p. : il. ; 22cm x 24cm.

ISBN: 978-65-5931-388-4

1. Literatura infantil. 2. Natureza. 3. Oceanos. 4. Preservação ambiental. 5. Ciência. 6. Informativo. 7. Seres abissais. I. Laurabeatriz. II. Título.

2025-67   CDD 028.5
                                      CDU 82-93

Elaborado por Vagner Rodolfo da Silva - CRB-8/9410

Índice para catálogo sistemático:
1. Literatura infantil 028.5
2. Literatura infantil 82-93

Editado conforme o Acordo Ortográfico da Língua Portuguesa de 1990.

Disponível em e-book nos formatos ePub (ISBN 978-65-5931-391-4) e KF8 (ISBN 978-65-5931-392-1).

Editora Peirópolis
Rua Girassol, 310f – Vila Madalena
05433-000 – São Paulo – SP – Brasil
tel.: (55 11) 3816-0699 e (55 11) 95681-0256
vendas@editorapeiropolis.com.br
www.editorapeiropolis.com.br

ABISSAIS

OUTRO PLANETA
DENTRO
DO NOSSO

LALAU E LAURABEATRIZ

editora
Peirópolis

A NATUREZA
NÃO ESCOLHE LUGAR
PARA ENCANTAR.

JUBARTE

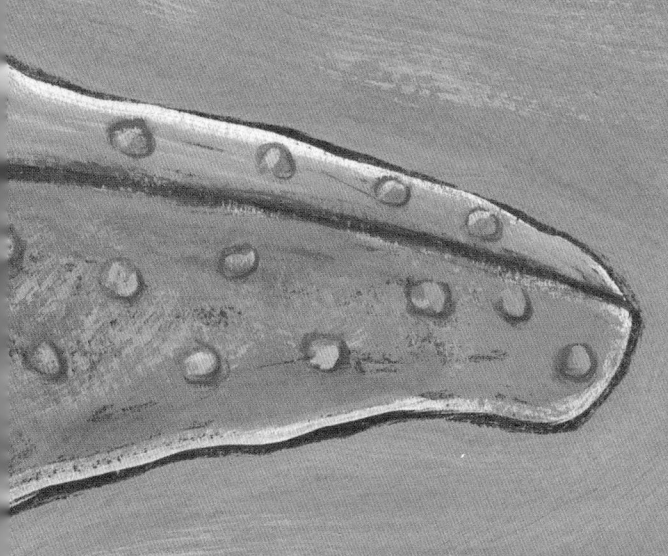

PARA
HÉLIO DE ALMEIDA
(IN MEMORIAM)

DALI NÃO PASSA,
A ESCURIDÃO
NÃO PERMITE.

ENGUIA-ABISSAL

ANJO-DO-MAR

BORBOLETA-DO-MAR

O AZUL ENEGRECE.
É MANTO INTENSO,
SUPREMO.

O MAR EMUDECE.

DIABO-MARINHO

SILÊNCIO ABSOLUTO,
O EXTREMO
EM ESTADO BRUTO.

TUDO PARA SER
UM PLANETA ENCANTADO,
DE GALÁXIA PERDIDA,
POVOADO POR INSÓLITAS
FORMAS DE VIDA.

TUBARÃO-CHARUTO

DIVIDIMOS, NA VERDADE,
O MESMO MUNDO:
NÓS, NA CLARIDADE
DA SUPERFÍCIE,
ELES, NAS TREVAS
LÁ DO FUNDO.

ESTRELA-DO-MAR

BOLACHA-DO-MAR

O QUE CRIANÇA DIRIA?
É UM AQUÁRIO MÁGICO!
É UMA FESTA À FANTASIA!

SERÁ QUE IMAGINAM PRAIAS
E AREIAS BRANCAS?

NUVENS, TEMPESTADES
E SOL A PINO?

O VAIVÉM DAS ONDAS
DIVERTINDO UM MENINO?

BALEIA-BICUDA-DE-CUVIER

DE REPENTE,
A CENTELHA DE LUZ
QUE, POR SEU PRÓPRIO MILAGRE,
UM CORPO PRODUZ.

TEATRO DAS FUNDURAS,
ÓPERA MUDA
NO PALCO ÀS ESCURAS.

PEIXE-CARACOL

NAUTILUS

PEIXE-UNICÓRNIO

OS OLHOS DE POUCA FUNÇÃO
COMPREENDEM MUITO BEM
O BELO, O INESPERADO E ARMADILHAS
QUE SE ESCONDEM
NAQUELA VASTIDÃO.

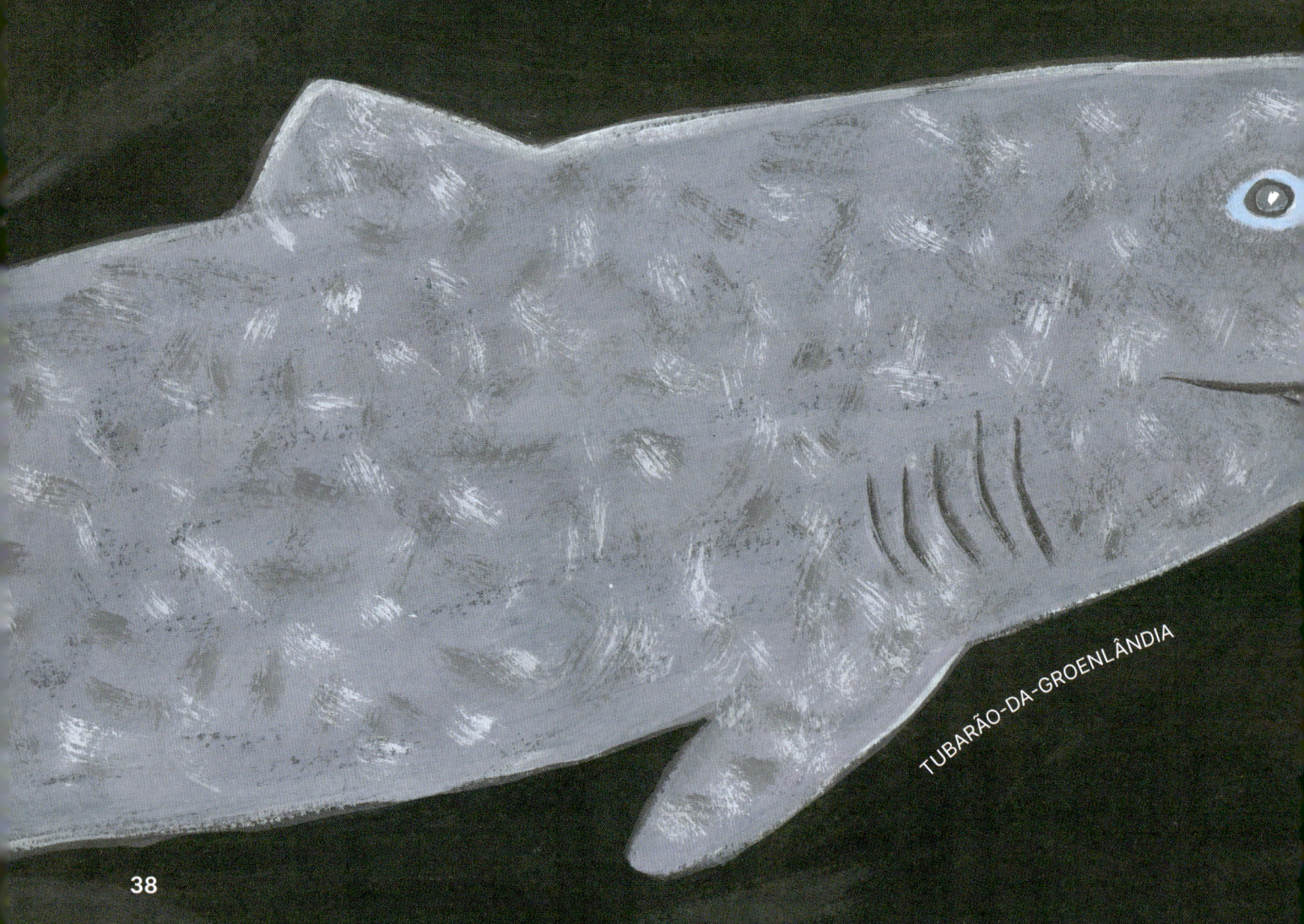

TUBARÃO-DA-GROENLÂNDIA

QUIMERA-DE-NARIZ-COMPRIDO

PINGUIM-IMPERADOR

LULA-LEITÃO

SERÃO EMBRIÕES
DE LEVIATÃS, CETUS,
UMIBOZUS?

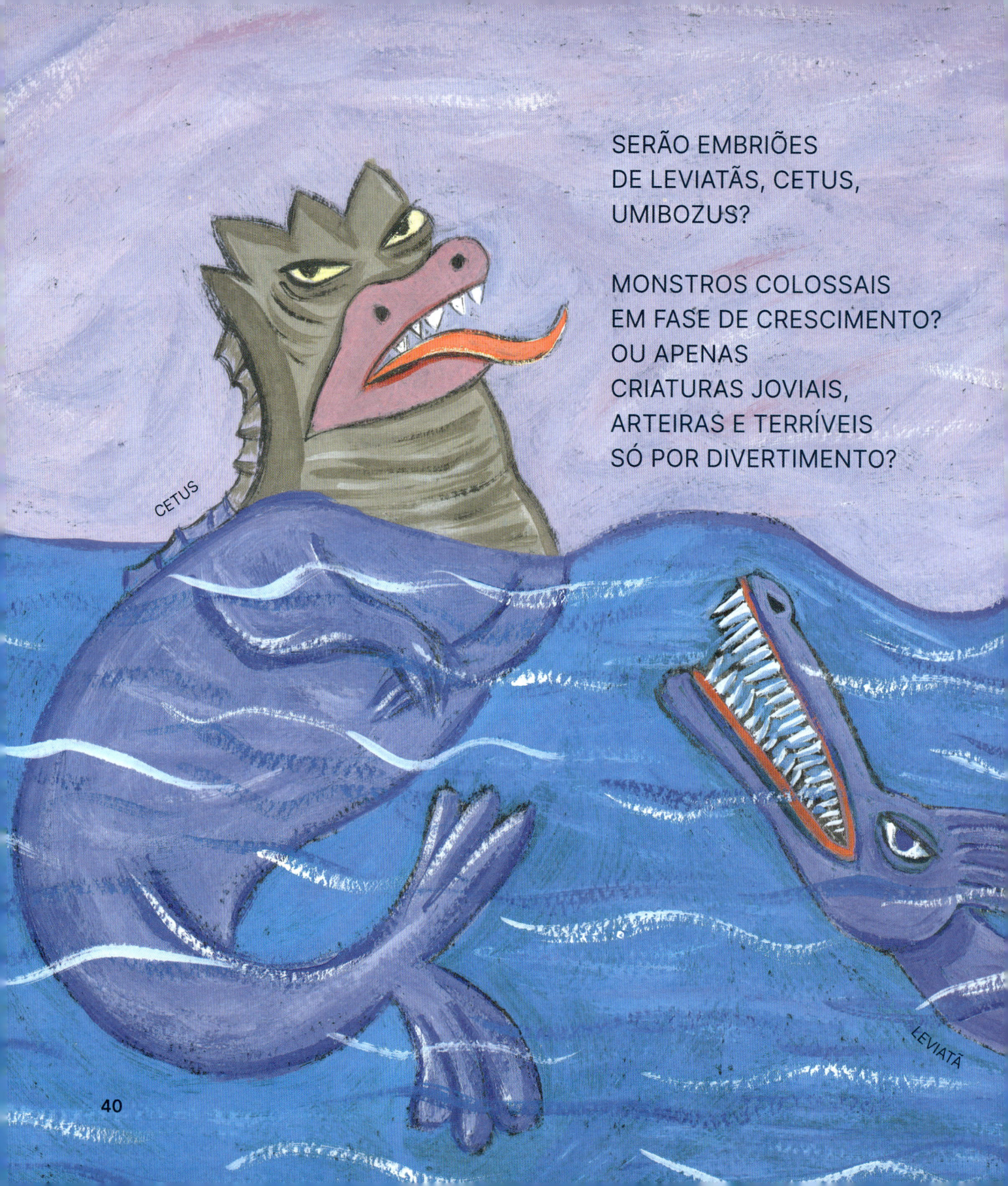

MONSTROS COLOSSAIS
EM FASE DE CRESCIMENTO?
OU APENAS
CRIATURAS JOVIAIS,
ARTEIRAS E TERRÍVEIS
SÓ POR DIVERTIMENTO?

UMIBOZU

VIVEM PELEJAS
CEGAS, GELADAS,
ESPETACULARES,
NO ASSOALHO
DOS SETE MARES.

TUBARÃO-DUENDE

PEIXE-OGRO

PEIXE-LANTERNA

SIBA OU SÉPIA

43

POUCO SABEMOS
SOBRE ELES.

NADA SABEM
SOBRE NÓS.

ABISSAIS
MERECEM A PAZ.

BALEIA-NARIZ-DE-GARRAFA

46

Em 2024, Lalau e Laurabeatriz completaram 30 anos de amizade e trabalho. Nesse tempo todo, criaram dezenas de livros, visitaram centenas de escolas e conversaram com milhares de crianças. Meio ambiente e vida silvestre sempre foram seus temas preferidos.

Neste livro, a dupla mostra formas de vida incríveis lá das profundezas dos oceanos. A pesquisa que fizeram foi realmente fantástica e reveladora.

Lalau ficou fascinado com a capacidade que alguns seres abissais possuem para produzir luz naquela escuridão.

Laurabeatriz ficou impressionada ao saber que apenas uma parte mínima dos animais deste imenso mundo submarino é conhecida pelos homens.

Lalau é poeta, Laurabeatriz é ilustradora.

A Editora Peirópolis, grande parceira de Lalau e Laurabeatriz, também em 2024, festejou seus 30 anos de livros lindos, essenciais e transformadores.

Parabéns a todos!

O MUNDO ABISSAL

• Em geografia e geologia, a palavra "abissal" significa região das grandes profundidades da crosta terrestre e dos oceanos.

• A 200 metros abaixo da superfície do mar, praticamente não existe luz. A partir de 1.000 metros, a escuridão é total e a temperatura fica entre 0 e 4 graus Celsius.

• Na Fossa das Marianas, no oceano Pacífico, foi registrada a maior profundidade: 10.984 metros.

• Apenas cinco pessoas no mundo atingiram a Fossa das Marianas, a bordo de submersíveis: Don Walsh e Jacques Piccard, em 1960; James Cameron, em 2012; e Victor Vescovo e Kathy Sullivan, em 2020.

• O mar profundo ocupa 85% do espaço marinho, formando o maior hábitat do mundo com condições para que espécies vivas possam se alimentar, desenvolver e reproduzir.

• Somente 5% do fundo do mar já foi mapeado.

• Entre 10 milhões e 30 milhões de criaturas ainda não foram descobertas.

• Os corais de águas profundas não possuem algas, porque a fotossíntese é impossível nas condições de baixa luz e baixas temperaturas.

• A campeã de mergulhos é a baleia-bicuda-de-cuvier: alcançou 2.992 metros! Ela também é recordista de mergulho mais longo: ficou submersa por 3 horas e 42 minutos.

• As tartarugas-de-couro conseguem mergulhar em grandes profundidades. Uma delas, na região das ilhas Salomão, no oceano Pacífico, atingiu 1.344 metros!

• Alguns peixes abissais possuem boca enorme e corpo bem elástico. Por isso, podem engolir presas com o dobro do seu tamanho.

• Algumas criaturas abissais são capazes de produzir luz através de reações químicas que ocorrem no próprio corpo delas. Isso se chama bioluminescência. Essa luz é utilizada para iluminar os locais por onde nadam, servir como isca para caçar suas presas, confundir os inimigos ou atrair outra criatura para acasalamento.

Monstros marinhos da mitologia

• Leviatã: criatura marinha gigantesca, feroz e indomável, citada em textos bíblicos e mitológicos. Pode causar catástrofes e possuir várias formas: serpente, dragão, crocodilo e polvo. Inclusive, pode aparecer com sete cabeças!

• Cetus: os gregos antigos davam o nome de "cetus" às baleias, consideradas por eles como monstros marinhos. Em algumas histórias, aparece como mistura de serpente com dragão; em outras, como baleia ou tubarão.

• Umibozu: gigantesca criatura da mitologia japonesa, capaz de destruir embarcações e arrastar seres humanos para as profundezas do mar. Em algumas lendas, possui pele escura, olhos reluzentes e nenhum fio de cabelo, sendo chamado por isso de "Monstro Careca" ou Nyudo, em japonês.

ÍNDICE DE ABISSAIS

Em ordem alfabética,
com indicação da página

Água-viva Atolla, *Atolla wyvillei* – p. 36
Água-viva-psicodélica, *Crossota millsae* – p. 30
Anjo-do-mar, *Clione limacina* – p. 10
Baleia-bicuda-de-cuvier, *Ziphius cavirostris* – p. 29
Baleia-nariz-de-garrafa, *Hyperoodon ampullatus* – p. 45
Bolacha-do-mar, *Clypeasteroida* – p. 26
Borboleta-do-mar, *Limacina helicina* – p. 10
Cachalote, *Physeter macrocephalus* – p. 33
Caranguejo-fada, *Lauriea siagiani* – p. 21
Celacanto, *Latimeria chalumnae* – p. 31
Diabo-marinho, *Linophryne arborifera* – p. 13
Elefante-marinho-do-norte, *Mirounga angustirostris* – p. 20
Enguia-abissal, *Halosauropsis macrochir* – p. 10
Enguia-narceja, *Nemichthys scolopaceus* – p. 24
Enguia-pelicano, *Eurypharynx pelecanoides* – p. 21
Estrela-do-mar, *Asteroidea* – p. 26
Granadeiro-olho-de-cebola, *Macrourus berglax* – p. 35
Isópode-gigante, *Bathynomus giganteus* – p. 14
Jubarte, *Megaptera novaengliae* – p. 6
Lula-atarracada, *Rossia pacifica* – p. 19
Lula-colossal, *Mesonychoteuthis hamiltoni* – p. 9
Lula-leitão, *Helicocranchia pfefferi* – p. 39
Lula-morango, *Histioteuthis heteropsis* – p. 34
Lula-pavão, *Taonius sp.* – p. 25
Lula-vaga-lume, *Watasenia scintillans* – p. 32
Lula-vampira, *Vampyroteuthis infernalis* – p. 18
Nautilus, *Nautilus pompilius* – p. 37
Peixe-bolha, *Psychrolutes marcidus* – p. 22
Peixe-caracol, *Pseudoliparis swirei* – p. 37

Peixe-cavalo, *Alepisaurus ferox* – p. 24
Peixe-coruja, *Pseudobathylagus milleri* – p. 8
Peixe-diabo-negro, *Melanocetus johnsonii* – p. 36
Peixe-disco, *Diretmus argenteus* – p. 24
Peixe-dragão-preto, *Idiacanthus atlanticus* – p. 34
Peixe-lagarto, *Bathysaurus ferox* – p. 8
Peixe-lanterna, *Symbolophorus barnardi* – p. 43
Peixe-luz, *Photoblepharon palpebratus* – p. 23
Peixe-ogro, *Anoplogaster cornuta* – p. 43
Peixe-rabo-de-fita, *Idiacanthus fasciola* – p. 32
Peixe-semáforo-comum, *Malacosteus niger* – p. 20
Peixe-tripé, *Bathypterois grallator* – p. 15
Peixe-unicórnio, *Eumecichthys fiski* – p. 37
Pinguim-imperador, *Aptenodytes forsteri* – p. 39
Polvo-dumbo, *Grimpoteuthis* – p. 36
Porco-do-mar, *Scotoplanes globosa* – p. 20
Quimera, *Chimaera monstrosa* – p. 22
Quimera-de-nariz-comprido, *Harriotta raleighana* – p. 39
Raia-de-seis-guelras, *Hexatrygon bickelli* – p. 33
Regaleco ou peixe-remo, *Regalecus glesne* – p. 19
Siba ou sépia, *Sepia officinalis* – p. 43
Tubarão-boca-grande, *Megachasma pelagios* – p. 35
Tubarão-charuto, *Isistius brasiliensis* – p. 17
Tubarão-cobra, *Chlamydoselachus anguineus* – p. 11
Tubarão-da-groenlândia, *Somniosus microcephalus* – p. 38
Tubarão-de-seis-guelras, *Hexanchus griseus* – p. 14
Tubarão-duende, *Mitsukurina owstoni* – p. 42
Tubarão-fantasma, *Hydrolagus trolli* – p. 11

Este livro foi impresso nas oficinas
da Pifferprint no verão de 2025.